道なくば道をひらけよ

上月わたる

牧野出版

道なくば 道をひらけよ

成功は
能力の前に決意が必要だ

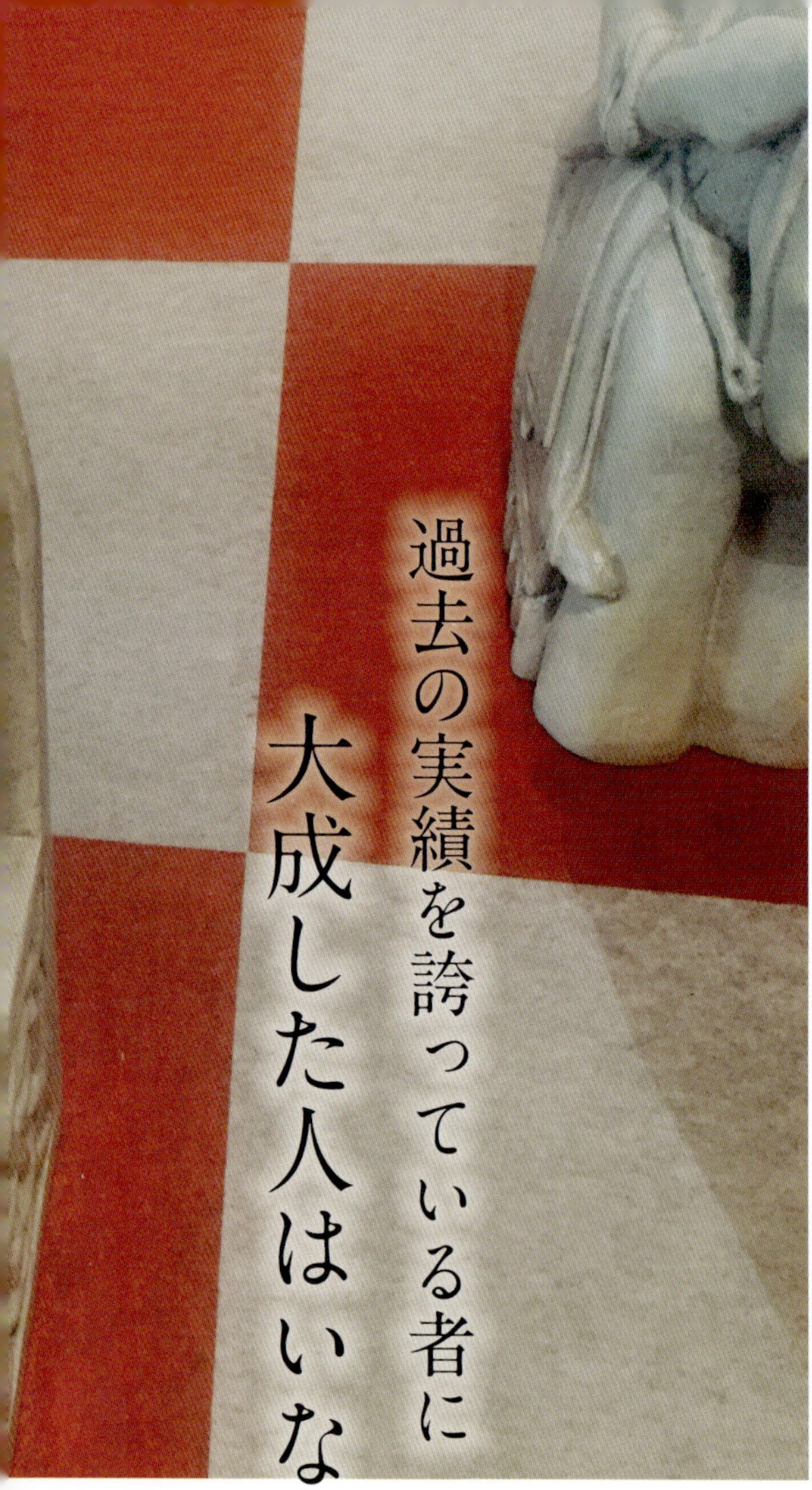

過去の実績を誇っている者に大成した人はいないね

都合のいい情報だけでは

進歩もおぼつかないよ

足もと注意!!
Watch your step!
足もとがすべりやすくなっています
Caution – Slippery Rocks

出し惜しみばかりしていると
何もやってこないよ

本当の友だちは
友情を語らず
友だち面をしないものだ

よく確かめないで口にするから
災いとなるんだな

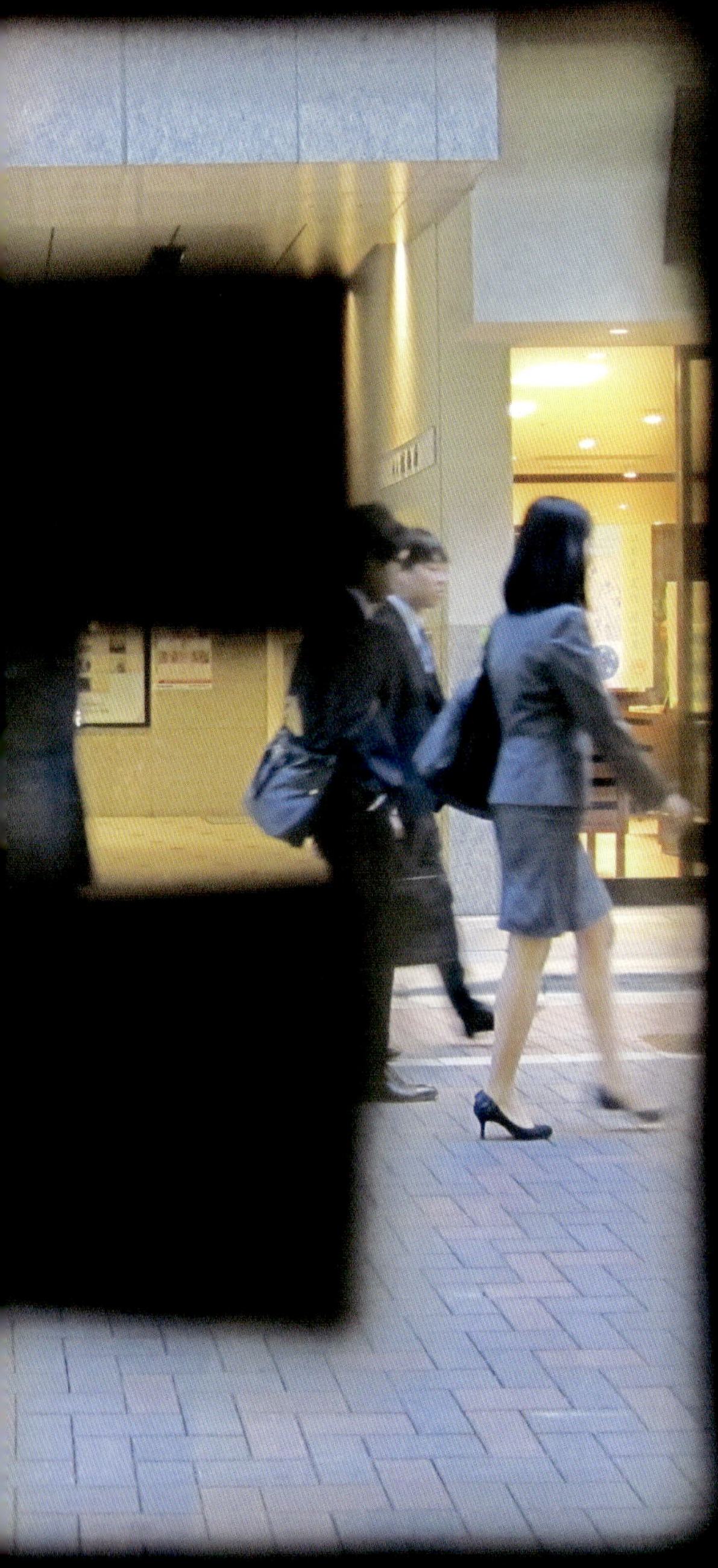

心の底から
相手を見つめたことってあるかい

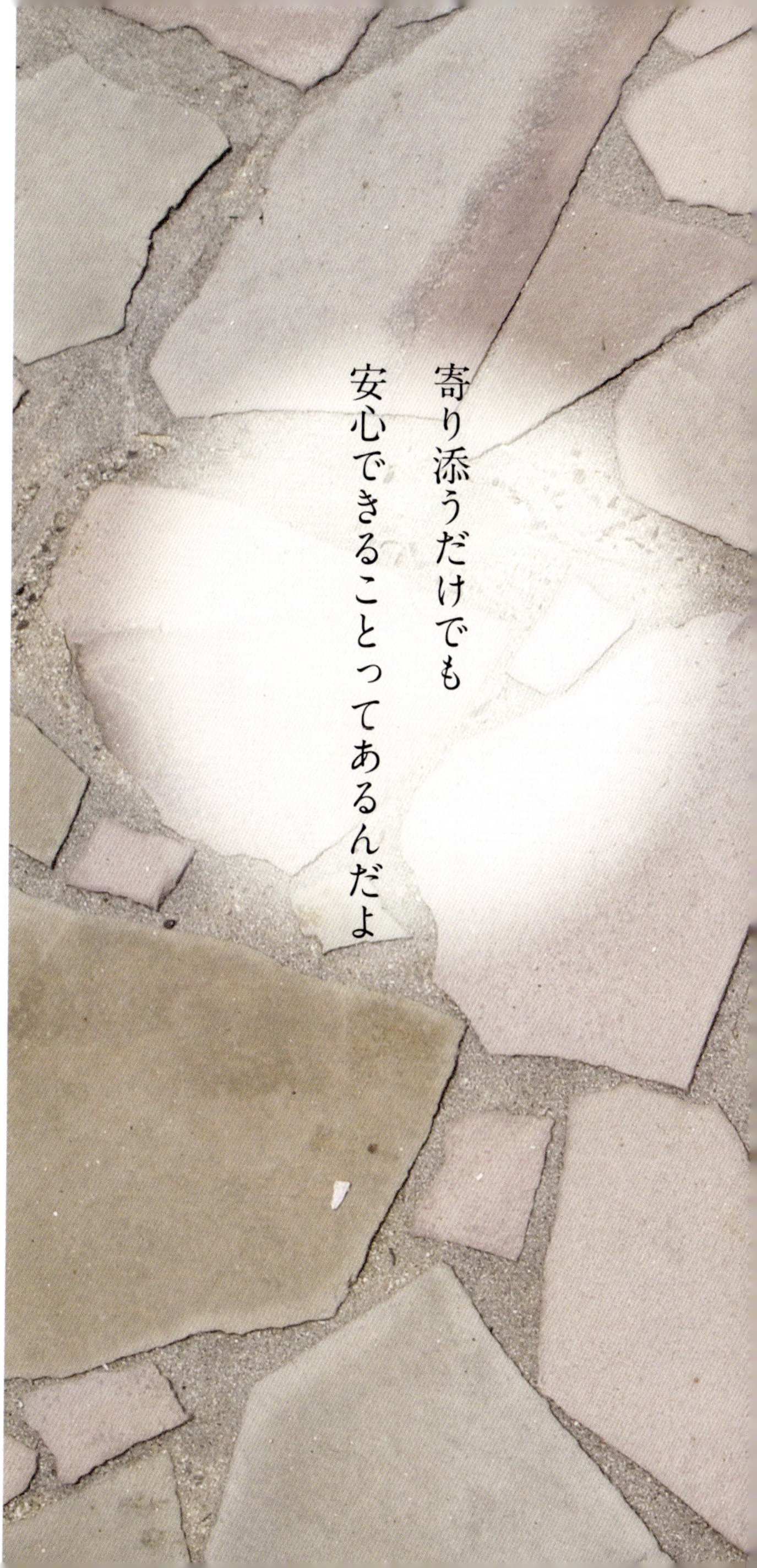

寄り添うだけでも
安心できることってあるんだよ

ツイてないと笑い飛ばせる人は

必ず
うまくいく
2

毎日通っている道なのに
景色の変化に気がつかないのは
どうしてだと思う

約束ごとは守るもの
人に押しつけるものではないね

空車

情が移るって
言うけれど
初対面の
人にはない
かもね

不幸や苦労を
楽しげに語れる人は
魅力的だな

焦る人には
チャンスの方から
逃げていくね

身の手入れのあとは心の手入れ
上級者の生き方だ

求め過ぎる心が不幸を呼ぶ
ほどほどが大切だ

大きな花を咲かすヒマワリだって

タネは小さなものだ

結果ばかりを
求めていると
幸運に
めぐり逢わ
ないぞ

大きな志は

大きな人間をつくりあげる

済んだことは忘れることだ
ましてや
人を責めてはならないね

しがらみは心の垢だな
しっかり、落とそうよ

相手を制するために
時には
不適と映る行動も必要だ

大きな夢、
小さな夢
いずれも
充実した人生を送るための肥やしだな

花に香りがなかったら
その美しさは
半分になるかもしれないね

トラブルに見舞われたら
「よくあることだ」と思ってごらん

半分は解決だ

親切がおごりになっちゃいけないね
ましてや
見返りを求めちゃダメだよ

肩書きのない名刺を出すことができるかい

創造力を発揮する人は

人間関係も大切にしているね

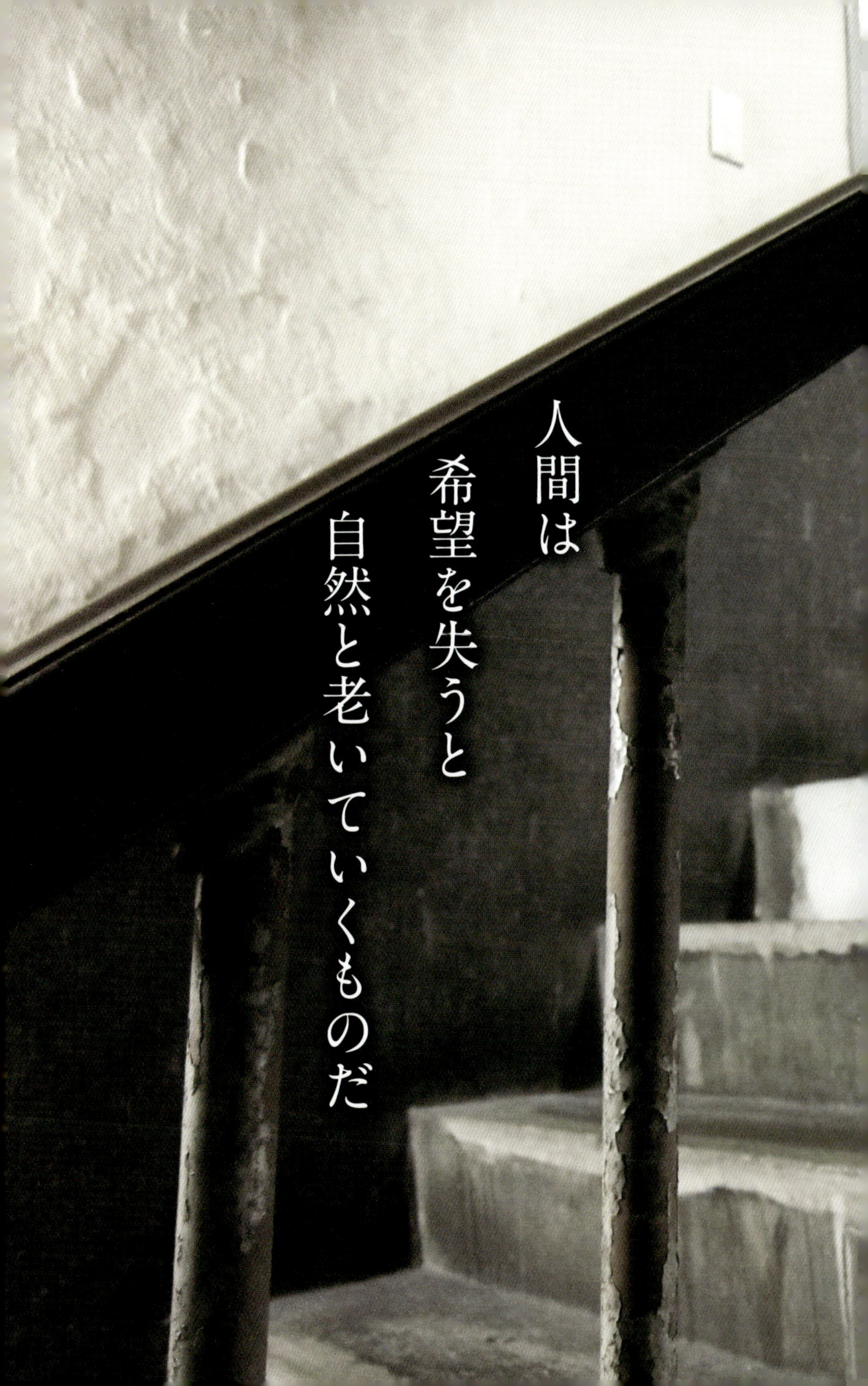

人間は
希望を失うと
自然と老いていくものだ

長い道のりも
休みどころを心得たら
楽しいものだ

夢は何度でも書き替えてごらん
自分にかなうものに出会うから

どんな
辛いことが
あっても
腹はへる
そんな時は
食べる
ことだ

明るい家庭こそ
人生の財産だな

誰もがやっていることの中に

妙案が隠れているものだ

「勘が働く」

機械にはできないことだな

希望を語れる人に
人はついて行く

身なりに気をつかうと
五感も冴えてくるぞ

笑いを
楽しむことが…
できるのは
ゆとりが
ある証拠だ

素直に喜べない人って
損する崖っぷちに
立っているようなものだ

速く速くと
いったって
光より
速いものは
ないんだよ

目隠しして
赤ワインと白ワインを飲んでごらん
どっちがどっちだか分からないから

批判されるっていうのは
興味を持たれている証拠だよ

自分の弱点を一番知っているのは
自分が一番知られたくない相手だよ

待たせることと
待つこと

著者直筆色紙販売のご案内

著者の上月わたるが本書を含め、シリーズ5冊(『気楽にいこうよ 自然のままに』『完璧を求めるから辛くなるんだ』『後だって先だって 辿りついたら同じだよ』『成功した者は暗闇を避けてはいない』『道なくば道をひらけよ』)の中から、あなたのお好きな言葉を直筆で色紙にいたします。ご希望の言葉を明記の上、(株)牧野出版へお電話かFAX・メールにて、お申し込みください。

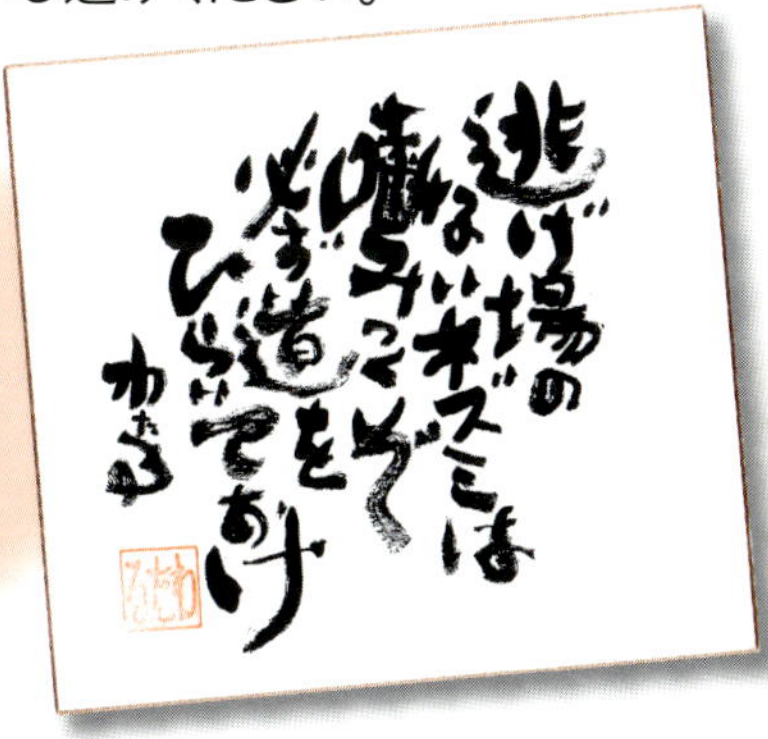

販売価格
3,500円(税・送料込)

株式会社牧野出版

TEL. 03-6457-0801 ※受付時間:9時~18時 土日・祝日を除く
FAX. 03-3522-0802
メールアドレス dokusha@makinopb.com

待たせる方が辛いものだ

良い流れと思ったら
その流れに身をまかすことだ

人生には逃げ場はないよ
だから

逃げなきゃ勝ちなんだ

SEIKO

噂話か
時間の無駄だね

大胆な行動がとれるのは
しっかりとした
準備があるからだ

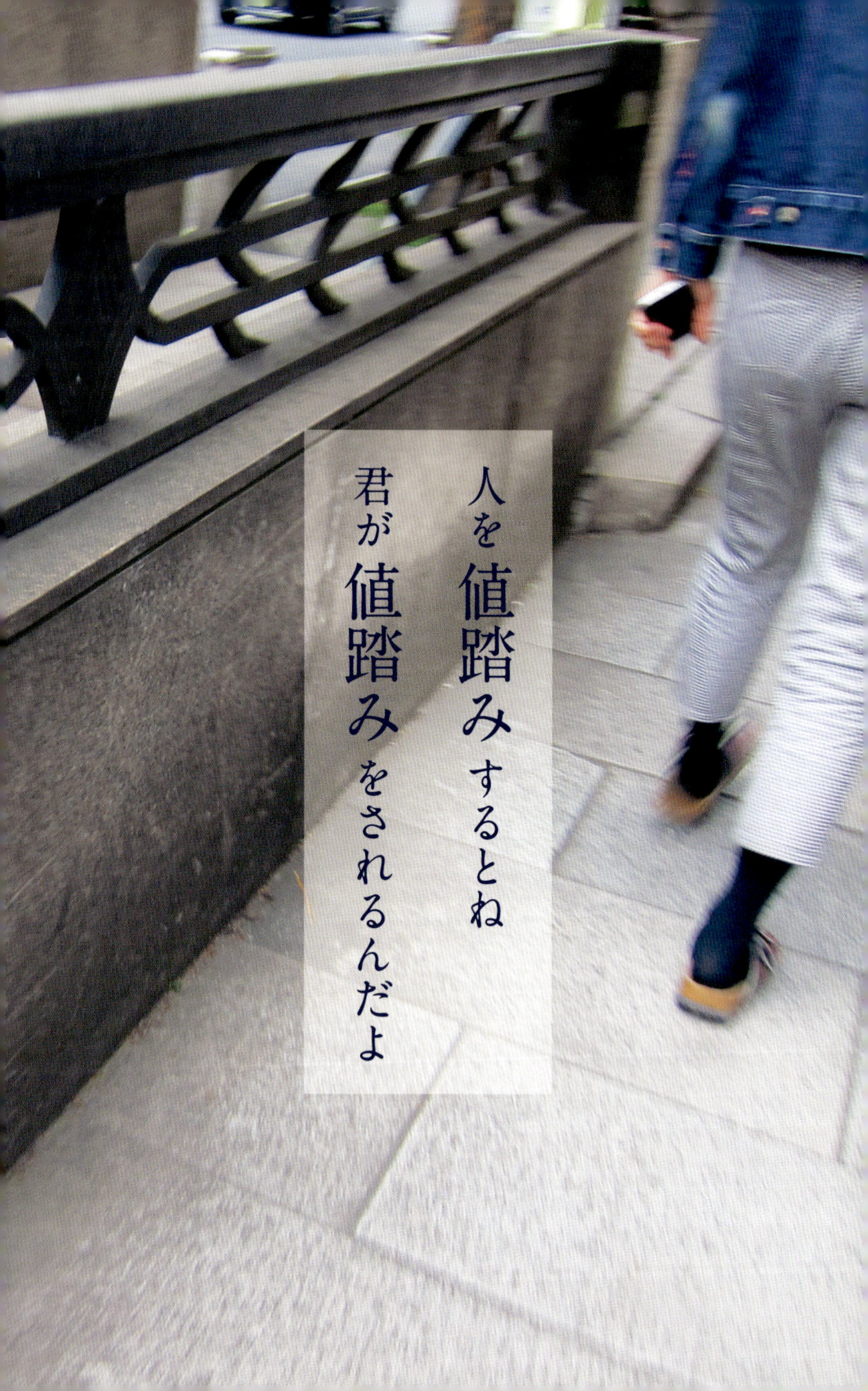

人を値踏みするとね
君が値踏みをされるんだよ

メモをとることはいいことだよ
ただ、見返さなきゃ
単なる紙くずだね

考えたからって
すぐには答えは出てこない
考え続けることだ

休み方が上手な人は
生き方上手だな

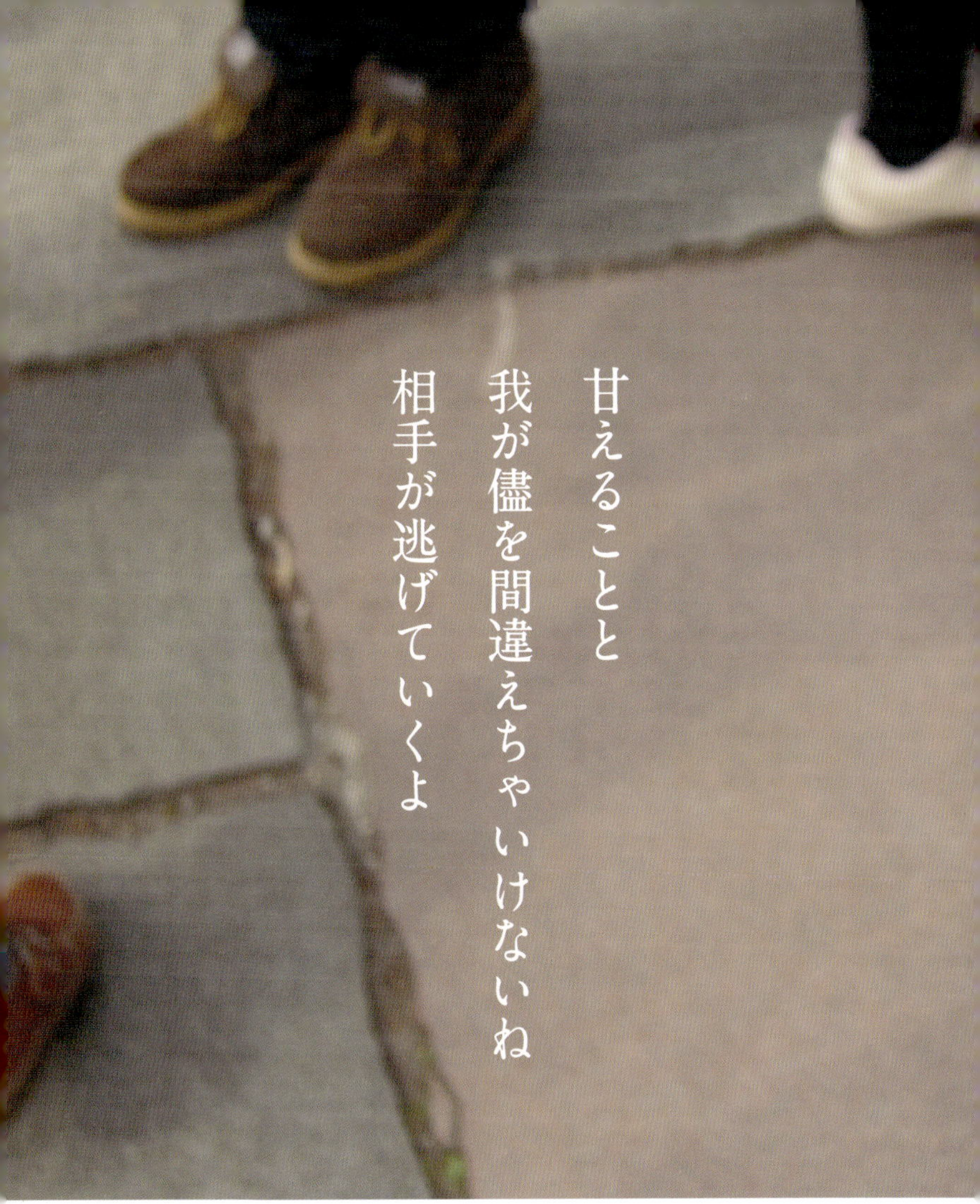

甘えることと
我が儘を間違えちゃいけないね
相手が逃げていくよ

しぶとく、堪え続けることで

次への扉が開くものだ

迷いというのは
けっきょくのところ
未熟から生じるんだな

犬のフンは
あとしまつを

苦手な人にはあえて近づくことだ
これが処世術の第一歩

逃げ場のないネズミは噛みつくぞ

必ず道を開けておけ

働くことが義務と思ったら
人生花開かないね

金はためても
疲労はためるな
病の始まりだ

自分との共通点を探ること
相手への理解の第一歩だな

大きな河ほど
静かに流れているものだ

すぐ諦める人は失敗だけに終わる人

諦めない人は失敗を生かし切る人

愛想笑いは
人の心に残らないね

道端の花を見る余裕もないのか
寂しいな

失敗したのか
反省はいいから
次の発想力に活かすことだ

踏切注意

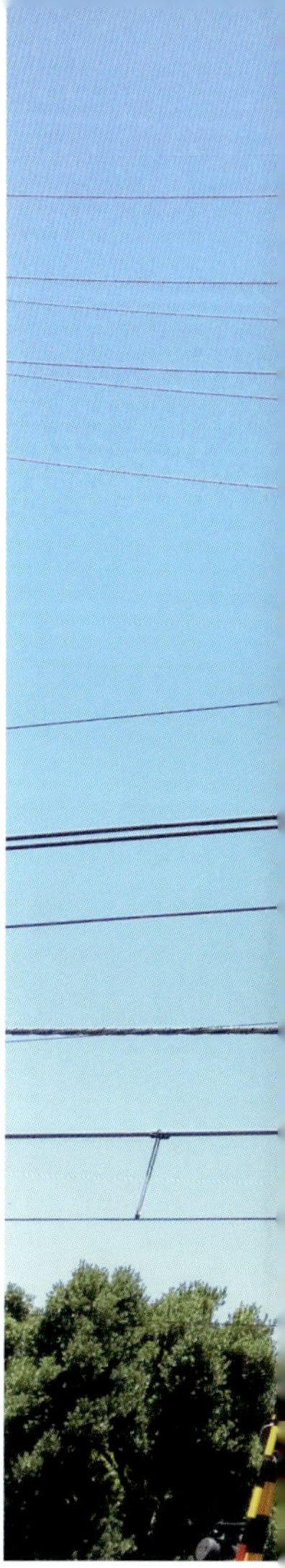

分かった！
と思うときこそ要注意
もう一度考えることだ

止まれ

ど忘れって気にしないよ
それより
意欲を忘れる方が恐ろしいね

期待されてこその
人脈というものだよ

山あり谷あり谷あり谷あり……

人生ってこんなものだ

横尾山山頂
50分
(カヤトの原)
信州峠
30分

自己評価が低いと
成功をつかむことは出来ないよ

覚えてばかりじゃアタマがパンクする

忘れることも重要だね

人に好かれる人って
自分が好かれていることを
知っているね

安直な満足感に浸っていると
真の満足は得られない

HUAWEI | ファーウェイ
Deutsche Bank Group
Deutsche Bank Group
Deutsche Bank Group

たった独りでも
孤独な自分といるかぎり
孤独じゃないよ

孤独

マメな奴には追いつけないぞ
それならこちらもマメにやることだ

朝起きたら
「好きだよ」と言うんだ
一日が楽しくなるよ

叱られまいとするから
叱られるんだ

腹にすえておけ

ラーメンと寿司はどっちが好きかって？

そんなもの、比べられないよ

人に手を
さしのべることを
惜しんじゃいけない
何んで
てきた

終わり方を考えないで
勝負に出るのは
バカのすることだ

寝る間を惜しんで仕事をするより
よく寝て健康な方がいいよな

COFFEE
丘

何でもないような雑談の中に
よい暗示が潜んでいるものだ

謙虚すぎる姿勢は
自惚れにしか見えないぞ

自分を思いっきり褒めてごらん
人生も大きくふくらむよ

「すみません」ではなく
「ありがとう」と言ってみることだ

心のゆとりが出てくるよ

自動車も　走りっぱなしより
休めた方が長持ちするよ

あとがき

吾々は、日々の暮らしというものを何気なく送ってはいるが、よく考えてみれば食事一つにしても、幾万年も前の先人たちが開拓した食生活の道ともいうべき先に連なっていることが分かる。

煮る、焼く、そして生で食べる。そこには、数多くの道が示されてもいる。料理人というのは、その敷かれた道の上に立って、より良い新たな道をつくり出そうとしているわけだ。

たとえば、建物の工法にしても、数多《あまた》の試みと模索の道があって今日の建築物があると知らねばなるまい。あの奈良の大仏殿にしろ、渡来文化をもたらした先人たちの技を借りて建てられたものである。古都京都にしても、大陸文明の影響なしには語れない。

言うなれば、これらの文化遺産は先人たちの道標《みちしるべ》なのだ。

国の治め事にしても、遙か古《いにしえ》より、あれやこれやと手探りして、人の輪を形成し社会の和をつくり出してきた。それもまた、一つの道だ。そういった道々は、世界各地に遺跡となって今も知ることができる。

それを見て、その夢を追った先人たちの足跡の素晴らしさに、ただ感心しているだけでは何の進歩もない。この先人たちのあとに、ひたすら進むべき道を模索して新たな道を拓いていった、また別の先人たちがいる。

道の先に、無条件に道があるわけではないのだ。行き詰まる時もあるだろう。道のない時こそ、人の知恵が大切になってくる。おそらく、その時々の先人たちも才知をしぼり、度重なる困難を克服していったに違いない。時には、醜い争いごとや多くの犠牲をはらったこともあろう。それでも、道をつくり上げていったのだ。

いままでの道のあとに、新しい道を見つけ出して、築いていく。その道をまた誰かが引き継いで、再び新たな道を模索する。その繰り返しだ。

これが文明というなら、そうかも知れない。これが文化というなら、そうかも知れない。血の流れのように人から人へ、古から現在へ、そして未来へと、より良く続けていくのが道の真の姿である。そして、やがてその道は伝統と呼ばれることにもなるのである。

人びとが和を求め手を取り合い、進歩を怠らない道づくりを続ける。そのヒントに本書に収めた語録がなってくれることを願ってやまない。

二〇一五年九月吉日

上月わたる

上月わたる（こうづき・わたる）

1934年、香川県綾歌郡飯山町（現丸亀市）出身。地方テレビ局のアナウンサーとして活躍していたが病に見舞われ職を辞し、日本全国放浪の旅へ出て数多くの知己を得る。様ざまな職業を経験した後、現在、国際エコロジー団体の日本代表を務めるとともに、インターナショナル組織の代表も務める。著書に『雑草の如き道なりき しがらみ編』『雑草の如き道なりき 病苦編』『気楽にいこうよ 自然のままに』『完璧を求めるから辛くなるんだ』『後だって先だって 辿りついたら同じだよ』『成功した者は暗闇を避けてはいない』（以上、牧野出版）がある。

写真協力　東寺昌吉／CONROD／淺岡敬史／徳武靖之

デザイン　CONROD

道《みち》なくば道《みち》をひらけよ

2015年10月15日 初刷発行

著　者　上月わたる

発行人　佐久間憲一

発行所　株式会社牧野出版

〒135-0053
東京都江東区辰巳1-4-11 STビル辰巳別館5F
電話 03-6457-0801
ファックス（ご注文）03-3522-0802
http://www.makinopb.com

印刷・製本　精文堂印刷株式会社

内容に関するお問い合わせ、ご感想は下記のアドレスにお送りください。

dokusha@makinopb.com

乱丁・落丁本は、ご面倒ですが小社宛にお送りください。
送料小社負担でお取り替えいたします。

 ISBN978-4-89500-196-0